Über dieses Buch Rose Ausländer, deren Werk Anfang der achtziger Jahre abgeschlossen schien – sie werde wohl nie wieder schreiben, erklärte sie damals –, überrascht hier mit mehr als siebzig neuen Gedichten. Es sind kostbare Miniaturen, aufs äußerste verknappte Texte, bestechend in ihrer Einfachheit, Klarheit und Vollkommenheit – »straffe Huldigung an Mutter Sprache« *(Dieter Fringeli)*.
Rose Ausländers neue Gedichte lassen etwas von der Kraft spüren, mit der sie sich, ihre Vorstellungen und Träume vom Leben und Menschen verteidigt gegen die Umwelt, den Alltag, die Realität – wie so oft in ihrer Geschichte, die immer auch eine Geschichte neuer Versuche, zu überleben, war – nicht nur mit den kleinen Wünschen, Träumen und Hoffnungen. »So sind auch ihre späten Gedichte noch lange keine Verzichterklärungen, sondern viel eher Zeugnisse eines Kampfes: gegen die Aufgabe der eigenen Ansprüche, die Zurücknahme der Forderungen an sich und andere – gegen das alltägliche Sterben im Leben.« *(R. Hoghe)*

Die Autorin Rose Ausländer, geboren am 11.5.1901 in Czernowitz/Bukowina, überlebte die Jahre 1941–1944 im Ghetto von Czernowitz, wanderte 1946 in die USA aus und übersiedelte 1965 nach Düsseldorf. Seit 1970 lebt Rose Ausländer im Elternhaus der Jüdischen Gemeinde in Düsseldorf. Sie veröffentlichte mehr als zwanzig Gedichtbände und erhielt zahlreiche literarische Auszeichnungen, u.a. 1977 den Ida-Dehmel-Preis und den Andreas-Gryphius-Preis, 1980 die Roswitha-Gedenkmedaille der Stadt Bad Gandersheim und 1984 den Literaturpreis der Bayerischen Akademie der Schönen Künste.
Im S. Fischer Verlag erscheint eine siebenbändige Ausgabe ihrer Gesammelten Werke; bisher liegen folgende Bände vor:
›Hügel aus Äther unwiderruflich. Gedichte und Prosa 1966–1975‹,
›Im Aschenregen die Spur deines Namens. Gedichte und Prosa 1976‹,
›Ich höre das Herz des Oleanders. Gedichte 1977–1979‹,
›Die Sichel mäht die Zeit zu Heu. Gedichte 1957–1965‹;
als Einzeltitel erschien: ›Mein Venedig versinkt nicht. Gedichte 1982‹.
Im Fischer Taschenbuch Verlag liegen außerdem folgende Titel vor:
›Im Atemhaus wohnen‹ (Band 2189), ›Mutterland/Einverständnis‹ (Band 5775).

Rose Ausländer

Ich zähl die Sterne meiner Worte

Gedichte 1983

Mit einem Nachwort
von Raimund Hoghe

Fischer
Taschenbuch
Verlag

In der Zeit vom 10. Januar bis 9. Oktober 1983 diktierte Rose Ausländer Helmut Braun bei seinen Besuchen die Gedichte, die in diesem Band gesammelt sind. Die Texte sind von der Autorin geprüft und autorisiert.

Erstausgabe

Veröffentlicht im Fischer Taschenbuch Verlag GmbH,
Frankfurt am Main, Mai 1985

Umschlaggestaltung: Jan Buchholz/Reni Hinsch
Gesamtherstellung: Clausen & Bosse, Leck
Printed in Germany
580-ISBN-3-596-25906-1

Inhalt

Wann

Ich hole die Kastanien
aus dem Feuer

Es ist ein kalter Tag

Ich bin mit meinem Gefühl
immer bei dir

Wann werde ich wieder
Gedichte schreiben

wie einst

Verlobt

Ich bin
mit meinem Wort
verlobt

Vergiß nicht

Laß mich nicht allein
Meine Sorgen
sind mein Alphabet
Es hungert mich
Wenn ich dich habe
bin ich satt
Vergiß nicht
eine Flasche Sekt
zu bestellen
Wir brauchen
den Höhenrausch

Tage

Die Tage sind ein Gewächs
das nicht stirbt
Einer kommt einer geht
wie es die Jahreszeit will
Mein Herz ist streng
und ohne Aufenthalt

Komm in mein Nest
wo die Nacht blüht

Zu schön

Auf Seite 117
lese ich
was nicht geschrieben steht
Eine goldne Torte
erwartet mich
ich werde sie nicht essen
sie ist zu schön

Heimatlos

Mit meinem Seidenkoffer
reise ich in die Welt
Ein Land nüchtern
eines toll
Die Wahl fällt mir schwer

ich bleibe heimatlos

Einverstanden

Mein Freund und ich
sind einverstanden
Wir fahren nach Italien
Venedig ist
die schönste Stadt der Welt
Da sind wir daheim
Über Brücken gehn
unsere Herzen spazieren
Die Leute lächeln

sie sind einverstanden

Trost

Einst hat der
Aussätzige geklappert
Heute
ist der König
ohne Heim
Er kommt zu mir
und weint
Ich tröste ihn
mit einem Lied

Idee

Ich glaube

Liebe deinen Nächsten
wie dich
selbst

Glaube ich

Erbarme dich
Herr
meiner Leere

Schenk mir
das Wort
das eine Welt
erschafft

Wenn du
nicht da bist
ist alles blind

Ich sehe
diese Blindheit
mit nackten Augen

Meine Ahnen
waren unbescholten

Ich habe den Tau
ihrer Tränen
geerbt

Mai
mein Monat
du streust
den weißen
Blütenschnee
mir in den Nacken
Er brennt

Laß mich
dir entgegenblühn
Schönheit

Es heißt
blühn und
sterben

In meiner
Traumorchidee
spüre ich
die Kraft
meiner Lieder
die Jahre wachsen

In einer
Festung aus Büchern
erscheinst du mir
ohne Gnade
ein fremder Prinz
der nicht
lesen kann

Im Umkreis
meiner Liebe
zum All
bete ich

Ich gehe auf
und unter
im Gebet

Im seidigen
Maigrün
einer Frühlingsnacht
bin ich
geboren
erzählte mir
meine Mutter

Der Frühling ist
mein liebstes Alphabet

Im Himmel
wo die Welten
blühn
hab ich
mein Wort
entdeckt

Es sagt
ja und nein

Ich habe
dich geliebt
bis ins letzte
Jahrhundert
sagt
das Maiglöckchen
und gibt mir
sein Gift

Ich sterbe nicht

Ich bin ein Baum
und atme mein
flüsterndes Laub

Vom Himmel
kommt ein Engel
und küßt
meine Wurzeln

Du herrliches
Paris
ich umschlinge
deinen Schritt

Du bist
unwiderstehlich
Wahrheit

Ich erkenne dich
und nenne dich
Glück

Die Erde
gibt mir
ein geheimes Zeichen
und sagt ade

Ich antworte
auf Wiedersehen

Die bunte Rosette
von Chartres

Der Schönheit
ins Auge schauen

Deutlich leuchten
die Augen der Nacht

Eine gelbe Scheibe
blüht im Blick

Die große Fremdheit
in der eigenen Haut

Bleib
deinem Wort
treu

Es wird
dich nicht
verlassen

Vergiß mich nicht
ich bin
dein ewiger Freund

Gib mir die Hand
so halte ich
das Leben

Sieh
die spiegelglatte Ebene
aus dem Bilderbuch

Da
ruhst du aus

Laß mich
nicht allein

Du bist
mein Traumgefährte
auf dem Weg
ins offene Leid

Komm
einen Atemzug näher
ans Licht
Schwester

Sei kühn
und unnahbar

Kennst du
den Zauber
dieser offenen Zeit
Wer hungert
der wird
glaub es mir
gesättigt werden

Immer warte ich
auf Wunder
die kommen müssen
wenn sich
Musik erfüllt
zur Zeit
der nackten Blüte

Im Märchenland
blüht die Poesie
Ich suche sie
am Traumpfad
der mich führt

Ich verzichte
auf den Glanz

Er hat mich
nicht getröstet
als du
von mir gingst

Ich spüre
den klaren Zug
deiner Gegenwart

Du bist
ein Genie
gehst voller Andacht
deinen strengen Weg

Ich lege dich
an meine Stirn
Substanz des Lebens

Du bist
das Allbewußte
das die Welten
baut

Ich bin der Sand
im Stundenglas
und rinne
ins Tal der Zeit
die mich umarmt

Hörst du
die Flöte

Sie spricht
eine helle Sprache
das schöne Naß
einer Melodie

lauschen heißt
beten

Erscheine
Kern der Wahrheit

Ich liebe
dein herrliches Gesicht

Erhöre meine Bitte
Herr
schenk mir
den Schlaf
und einen Wundertraum

Eintreten
in das Doppelgesicht
aus Stoff und Geist

Da ist kein Anfang
und kein Ende

Ein Lied
erfinden
heißt
geboren werden
und tapfer singen
von Geburt zu Geburt

Du wanderst
in der schwarzen Stadt
mit wunden Füßen

An der Hüfte
rührt der Tod
dich an

Diese Blume
ist augenschön

ich weiß nicht
ihren Namen
nur den Duft
der mich erquickt

Die Insel schwimmt
an meine Brust

Ich streichle
goldene Bäume

Die Harfe
ist mein Instrument

Ich spiele
das Lebenslied

Dein Herz
ist echt
du meine Sonnenuhr

Nimm mich
ins laute Schweigen

Aus dem Lichtquell
eines großen Augenblicks
Gedichte schöpfen

Das Erz
spüren
das im Herzen pocht

Vom Gipfel
sehe ich
das Tal meiner Sehnsucht
nach neuen Worten
die den Gott erschaffen

Vergiß
daß wir uns liebten
als wir Kinder waren

Heute sind wir
aufgeblühte Nelken
rot und weiß

Ich widme mich
dem Feuer dieser Tage

Es gibt mir
seinen lauten Glanz

Ich bin
die Königin der Nacht

Am Tag schlafe ich
und singe meinen Traum

Das Reh im Wald
ist meine Schwester

Ich folge seiner Spur
bis an den Abgrund
der mich lockt

Sonnenblume

Gelb
leuchtet mir
die Sonnenblume

Sie sagt
ich hab
ein rundes Herz
voll süßer Kerne
und einen
grünen Blätterleib

Öffne die Stäbe
damit der goldne Himmelskörper
hereinwinkt

Da trinke ich
das Licht
in vollen Zügen

Ich hab
ein Wort gefunden
das nicht weint

Die andern trauern
um den Verlust
der Heimat

Wer bin ich
wenn die Wolken weinen:
ein fremder Gast
an fremdem Strand
Ich warte bis
die Sonne wieder
mich liebt
mit goldenem Verstand

Schlafen Sie gut
sagt mir die Schwester
doch ich kann nicht

die goldnen Lippen
dieser Sonnenblume
trösten mich:
träum dich
gesund

Ich suche Gott
und finde ihn
in einer Blume
die nicht welkt

Sie sagt
die Zeit hat mir befohlen
dir gut zu sein
ich sage
Amen

Ich sehne mich
nach Licht und Liebe
doch niemand kommt
ich bin allein

Mein Schöpfer sagt
bald wirst du fliegen
und einen nackten
Engel sehn

Ich möchte reden
doch ich kann nicht
ein schwarzer Engel
hält mich fest

es heißt nun
immer tiefer schweigen
bis in den letzten
Erdenrest

Ich bin
im innern Rom
geboren
wo tausend nackte
Säulen stehen

Ich kann das Wunder
nicht vergessen
das sich mir wieder
offenbart

Gott
Schöpfer aller Dinge
Du bist nicht
gut
Du bist nicht
schlecht
Du bist

Du gabst mir
Kraft zu leben
nicht genug
zu leben
ewiglich
Gott

Der Regen
klopft
an meine Tür
wie eine strenge
Vaterhand

dann schlägt der Blitz
in meine Augen
und segnet mich
mit lautem Mund

Bald
kommt die Freundin
aus der Ferne
mit einem stillen
Blumenkuß

Ich liebe
ihre schönen Worte
wie einen
Himmelsgruß

Aus einem heißen Schlaf
bin ich erwacht

Ich zähl die Sterne
meiner Worte
und widme mich
der Nacht

Als auf den Fensterscheiben
die Blumen blühten
kochte die Mutter
Es gab Kälte und Wärme
auch Honig in klarem Kristall

Wir lachten uns alle
ins Fäustchen
Kam der Fuchs
und stahl Kälte und Wärme
und Honig in klarem Kristall

Das Lachen blieb
im Fäustchen
Angst und salzige Tränen
füllten die Augen

Als ich in Constanza war
sammelte ich das Licht

Die Stadt war eine Legende
aus Schilda und tausend und einer Nacht

Elstern stahlen mein Licht
Raben wurde es Fraß

Die Stadt war eine Legende
versunken in endloser Nacht

Ich geh
mit meinen fremden Füßen
in eine leere Schlucht
wo über uns
die Sterne schwimmen
im mütterlichen Meer
wo vor uns
Dämme brechen
und unsere Ziele
untergehn

Florenz
wunderbare Stadt
Museen
und Michelangelo

Ich werde diese Pracht
nur wiedersehn
im Traum
bald ist es
mit mir zu Ende

Ich will
noch einmal
in Venedig sein
mich
im Glasspiel
seiner Wasser
spiegeln

Mein Heim
ein herrlicher Palast
wie im Traum
leuchten Kanäle

Verehrter Gott
Gib mir ein Zeichen
daß gar nichts
ohne dich geschieht

Ich möchte
einem Sternbild gleichen
das sanft
mir leuchtet
wie ein Lied

Raimund Hoghe

Sie hält fest an ihren Träumen *

Ein Besuch bei Rose Ausländer

Anfang der achtziger Jahre scheint das Leben und Werk der Lyrikerin Rose Ausländer abgeschlossen. Vielleicht werde sie nie wieder schreiben, erklärt sie bei einem meiner Besuche. Die poetische Kraft der Dichterin sei versiegt, das Werk vollendet, stellt schließlich ihr Biograph Helmut Braun in der 1982 erschienenen Taschenbuchausgabe ihrer Gedichtbände »Mutterland« und »Einverständnis« fest und notiert: »Erfreut, aber passiv, nimmt sie die weitere Verbreitung ihres Werkes, die Anerkennung der Kritik und die Zuneigung der Leser zur Kenntnis. Sie, die ausschließlich für und von ihrer Poesie lebte, ist zu poetischer Äußerung nun nicht mehr fähig.«
Anfang Juni, ein Anruf. Warum ich sie so lange nicht mehr besucht habe, fragt Rose Ausländer mit einer Stimme, die noch immer kraftvoll und fordernd ist. Ich hätte gedacht, daß sie keinen Besuch mehr empfangen könne, erkläre ich. Nein, erwidert die 82jährige, ich solle zu ihr kommen, am Abend zwischen halb sieben und viertel vor sieben.
Jüdisches Altenheim, 4. Stock, Pflegestation. Gegenüber dem Fahrstuhl hängt ein älteres Bild der Dichterin. Am Ende des Gangs: das Zimmer, das Rose Ausländer seit ein paar Jahren nicht mehr verlassen hat. Das Geschirr vom Abendessen wird aus den Zimmern geholt. Die Fernsehapparate laufen. Eine Krankenschwester öffnet die Tür zum Zimmer 419. Rose Ausländer sitzt in ihrem Bett, mit ausgebreiteten Armen, aufrecht.
Den Rosenzweig hätte ich nicht mitbringen sollen, sagt sie, und daß ich mich setzen solle. Nach einiger Zeit fragt die Lyrikerin: »Soll ich Ihnen Gedichte vorlesen? Ich weiß nicht, ob ich sie Gedichte nennen darf, es sind ganz kurze Sachen.« Titel habe sie für diese Arbeiten nicht, erklärt sie, dreht sich zur Seite und greift nach einem kleinen farbigen Block auf dem Rollwagen neben dem Bett, schlägt ihn auf und nimmt ein Vergrößerungsglas

* Zuerst abgedruckt in der ZEIT vom 7. Oktober 1983.

zur Hand. Ich sehe auf mein Notizbuch, Rose Ausländer diktiert:

Ich bin ein Baum / und atme mein / flüsterndes Laub /
Vom Himmel / kommt ein Engel / und küßt / meine Wurzeln

Eine Pause entsteht. Rose Ausländer sieht durch das Vergrößerungsglas auf ihren Block. Blättert ihn durch. Liest für sich. »Ich suche – entschuldigen Sie.« Von nebenan tönen die Werbeansagen des Vorabendprogramms ins Zimmer. »Tun Sie das Beste für Ihre Wäsche.« Rose Ausländer sucht weiter und erklärt: »Da herrscht ein großes Durcheinander bei mir.« Einen Moment später liest sie:

Erbarme dich / Herr / meiner Leere / Schenk mir / das Wort /
das eine Welt / erschafft

In einem der wenigen autobiographischen Prosatexte der Lyrikerin heißt es: »Schreiben war Leben. Überleben.« Die Aussage bezieht sich auf die Jahre 1941/44, in denen Nazis ihre Heimatstadt Czernowitz besetzt hielten und die Jüdin im Getto zu überleben suchte. »In jenen Jahren trafen wir Freunde uns zuweilen heimlich, oft unter Lebensgefahr, um Gedichte zu lesen. Der unerträglichen Realität gegenüber gab es zwei Verhaltensweisen: entweder man gab sich der Verzweiflung preis, oder man übersiedelte in eine andere Wirklichkeit, die geistige. Wir zum Tode verurteilten Juden waren unsagbar trostbedürftig. Und während wir den Tod erwarteten, wohnten manche von uns in Traumworten – unser traumatisches Heim in der Heimatlosigkeit.«

Ein Lied / erfinden / heißt / geboren werden /
und tapfer singen / von Geburt zu Geburt

Wie damals kämpft Rose Ausländer auch jetzt, vierzig Jahre später, noch immer mit Worten ums Leben – ans Bett gefesselt und doch ungebrochen. »Bleib deinem Wort treu / Es wird dich nicht verlassen«, versichert sie in einem ihrer neuen Gedichte.

Beim Vorlesen der noch unveröffentlichten kurzen Texte unterbricht sie an einigen Stellen und korrigiert noch ein einzelnes Wort. »Die Schönheit anschauen«, diktiert sie einmal und verbessert gleich: »Nein. Streichen Sie das. Schreiben Sie: Der

Schönheit ins Auge schauen.« An anderer Stelle mache ich beim Entziffern einer Stenogrammnotiz einen Fehler und lese »Aus dem Lichtquell / eines großen Augenblicks / Gedichte schaffen« – das Wort schaffen sei falsch, berichtigt Rose Ausländer, sucht das richtige Wort zu erinnern und sagt es schließlich sehr bestimmt: schöpfen.
Aus dem Lichtquell / eines großen Augenblicks /
Gedichte schöpfen / Das Erz / spüren / das im Herzen pocht

Die meisten dieser Gedichte habe sie in zwei Nächten geschrieben, berichtet die Lyrikerin. »Ich arbeite immer in der Nacht – ich kann tagsüber nicht schreiben.« Und wie immer seien die Verse zu ihr gekommen, nicht umgekehrt. »Ich komme nicht zu den Gedichten, die Gedichte kommen zu mir.« Erzwingen könne sie das nicht – »ich kann jetzt vielleicht ein Jahr warten, bis wieder etwas kommt«, sagt Rose Ausländer, die Worte nicht erzwingen kann – und am Ende doch immer wieder findet.
Im Himmel / wo die Welten / blühn / hab ich / mein Wort /
entdeckt / Es sagt / ja und nein

»Warum schreibe ich?« Die selbstgestellte Frage beantwortete sie vor Jahren in einem Text unter anderem so: »Weil Wörter mir diktieren: schreib uns. Sie wollen verbunden sein, Verbündete. Wort mit Wort mit Wort. Eine Wortphalanx für, die andere gegen mich. Ins Papierfeld einrücken wollen sie, da soll der Kampf ausgefochten werden. Ich verhalte mich oft skeptisch, will mich ihrer Diktatur nicht unterwerfen, werfe sie in den Wind. Sind sie stärker als er, kommen sie zu mir zurück, rütteln und quälen mich, bis ich nachgebe. So, jetzt laßt mich in Frieden. Aber Wörter sind keine fügsamen Figuren, mit denen man nach Belieben verfahren kann. Hart sind sie, auch die zartesten. Wir sehen uns an, wir lieben uns. Meine Bäume, meine Sterne, meine Brüder ...«
Im Märchenland / blüht die Poesie / Ich suche sie /
am Traumpfad / der mich führt

Sie sei ein schweigsamer Mensch, stellt Rose Ausländer einmal fest. Über ihr Leben spricht sie nur selten. Man solle über ihre Gedichte sprechen, nicht über ihr Leben, erklärt sie und gibt mir nur eine kurze Zeitungsnotiz mit Lebensdaten und ihrer Bibliographie, die rund 20 Titel aufführt. Sie habe ein schlechtes Gedächtnis, meint sie, besonders Namen, Titel und Zahlen habe sie sich nie merken können. Schlüssel zu ihrem schon jetzt von Legenden umrankten Leben bleiben ihre Gedichte.

Im seidigen / Maigrün / einer Frühlingsnacht / bin ich / geboren /
erzählte mir / meine Mutter / Der Frühling ist /
mein liebstes Alphabet

Während sie diese Zeilen diktiert, hält sie für einen Moment inne. »Sie wissen ja, daß ich im Mai geboren bin.« Ich nicke und erinnere biographische Angaben:

Rose Ausländer, am 11. Mai 1901 als Rosalie Scherzer in Czernowitz/Bukowina geboren, studiert Literaturwissenschaft und Philosophie, wandert 1921 mit ihrem Studienfreund Ignaz Ausländer in die USA aus. Arbeitet dort unter anderem als Bankangestellte, Sekretärin, Redakteurin. Läßt sich 1930 nach siebenjähriger Ehe von Ignaz Ausländer scheiden. Kehrt 1931 nach Czernowitz zurück, um die kranke Mutter zu pflegen. 1939 erscheint ihr erster Gedichtband, »Der Regenbogen«, der als Buch einer Jüdin in Deutschland nicht mehr zur Kenntnis genommen wird. Während des Krieges lernt die Verfolgte Paul Celan kennen, mit dem sie auch später immer wieder zusammentrifft. 1946 übersiedelt die Lyrikerin zum zweiten Mal in die USA. Bleibt bis 1964 in New York, wo sie unter anderem mehr als zehn Jahre bei einer Speditionsfirma arbeitet und Gedichte in deutscher und englischer Sprache publiziert. Lebt seit 1965 in Düsseldorf, zunächst in Pensionen, seit 1970 im jüdischen Altenheim. In den letzten Jahren zahlreiche Preise, Auszeichnungen, Würdigungen; seit 1981 Veröffentlichungen im S. Fischer Verlag. Der Lyriker und Übersetzer Alfred Margul-Sperber stellte 1946 fest: »Ich kenne in der Dichtung der Gegenwart kein schlagenderes Beispiel zur Erhärtung des alten Satzes, daß alles Erhabene und Schöne einfacher Art sei, als das Werk Rose Ausländers.«

»Angeblich bin ich eine berühmte Frau«, bemerkt Rose Ausländer nicht ohne Skepsis, spricht von den Briefen, die sie bekommt, und den Lesern, die sie besuchen wollen. Doch so sehr sie sich in der Isolation ihres Zimmers manchmal nach Menschen sehnt, wehrt sie Besuchswünsche ihrer Bewunderer doch meist ab. »Die Leute denken, ich werde dasitzen und Weisheiten sagen.« Aber das tue sie nicht, sagt sie, will solche Erwartungen

nicht erfüllen und verweigert auch in ihren späten Gedichten besinnliche Altersweisheiten, Beschwichtigungen, Tröstungen.
Ich verzichte / auf den Glanz / Er hat mich / nicht getröstet / als du / von mir gingst

Ob sie noch weiterlesen solle, fragt Rose Ausländer. Ja, antworte ich und werfe ein, daß ich manchmal nicht wisse, wo eine neue Zeile im Gedicht beginne. Das solle ich nur nach meinem Gefühl machen, meint sie und diktiert weiter Gedichte: kostbare Miniaturen, bestechend in ihrer Einfachheit, Klarheit und Knappheit, weder moralisierend noch abgeklärt, sondern noch immer voller Lebenshunger, Offenheit, Wunden. »Meine Ahnen waren unbescholten / Ich habe den Tau ihrer Tränen geerbt«, schreibt die Lyrikerin, sieht die Blindheit der Welt noch immer »mit nackten Augen« und spürt auch noch im Alter »die große Fremdheit in der eigenen Haut« – ohne aufzugeben, zu resignieren, zu kapitulieren. 82 Jahre alt, hält sie fest an ihren Träumen, Wünschen, Erwartungen.
Immer warte ich / auf Wunder / die kommen müssen / wenn sich / Musik erfüllt / zur Zeit / der nackten Blüte

Nein, noch hat Rose Ausländer nicht abgeschlossen. Sie, die seit Jahren mit der Krankheit, dem Schmerz, dem Tod lebt, kämpft: auch gegen alle medizinischen Prognosen, Wahrscheinlichkeiten, Realität – ohne die alltägliche Härte zu verbergen. »Es ist ein Unglück, ans Bett gefesselt zu sein«, stellt sie fest, berichtet von den Nächten, in denen sie keinen Schlaf findet, und weiß: »An der Hüfte rührt der Tod mich an.« Sie sagt das ohne Pathos und Wehleidigkeit, eher beiläufig und selbstverständlich, richtet sich auf in ihrem Bett und liest:
Ich habe / dich geliebt / bis ins letzte / Jahrhundert / sagt / das Maiglöckchen / und gibt mir / sein Gift / Ich sterbe nicht

Ob ich wisse, daß Maiglöckchen giftig seien, fragt Rose Ausländer. Nein, auch das habe ich nicht gewußt. Sie sieht wieder auf ihren Block und sucht mit dem Vergrößerungsglas in der Hand. »Ein neues Gedicht: Laß mich nicht allein / du bist mein Traumgefährte – Traumgefährte, haben Sie das?« »Ja.« Rose Ausländer fährt fort: »Auf dem Weg ins offene Leid.« Das letzte Wort wiederholt sie und buchstabiert: »Leid. L – e – i – d.« Für einen Moment ist es sehr still.

Vergiß mich nicht / ich bin / dein ewiger Freund /
Gib mir die Hand / so halte ich / das Leben

Der Tod habe sich auf sie eingestellt, aber sie habe sich noch nicht auf ihn eingestellt, erklärte Rose Ausländer bei einem Besuch vor zwei Jahren. Ihre Neugier und Lust auf die Welt, das Leben, Menschen erinnert an die eines Kindes. Und an ein Kind erinnert sie manchmal auch dann, wenn sie in ihrem Bett liegt und den Kopf wiegt, zugleich sehr alt und sehr jung erscheint, müde und hellwach.

Als ich sie frage, ob ich sie noch photographieren dürfe, sagt sie sofort ja und spielt mit der Kamera, lächelt wie ein junges Mädchen ins Objektiv und erklärt nachher: »Frauen sind eitel.« Sie sei es auch jetzt noch, bekennt die 82jährige, und alt zu sein, sei nicht schön. Die Erfahrung, daß »die Kraft meiner vielen Jahre« wächst, ändert daran nichts. In Sicherheit bringt sie sich mit dieser Kraft ohnehin nicht: Sie hält sich verwundbar und verteidigt ihre Ansprüche und Sehnsucht.

Laß mich / dir entgegenblühn / Schönheit / Es heißt /
blühn und / sterben

»Diese Blume ist augenschön«, beginnt Rose Ausländer eines ihrer neuen Gedichte. Einer der Blumensträuße neben dem Bett steht ein wenig abseits von den anderen in einer weißen Vase. Blumen des Bruders. Eine Woche seien sie alt und noch immer frisch, stellt sie mit Blick auf die Nelken neben sich fest, und erzählt von dem in New York lebenden jüngeren Bruder Max, der sie wie in den vergangenen Jahren auch in diesem Sommer wieder für sechs Wochen besuchte. »Ich vermisse ihn«, bekennt sie zwei Tage nach seiner Abreise. Wie kein anderer habe er sich um sie gekümmert, ihr vorgelesen am Abend und in der Hitze des Tags Luft zugefächelt, berichtet sie und sagt ganz einfach: »Er fehlt mir sehr.«

Komm / einen Atemzug näher / ans Licht / Schwester /
bei kühn / und unnahbar

»Das ist alles«, erklärt Rose Ausländer nach dem letzten Gedicht, das sie mir diktiert, lehnt sich gegen die Kissen und schaut zum Fenster. »Mein Atem heißt jetzt«, nannte sie eines ihrer letzten Bücher. Ich sehe auf das Bett, in dem sie liegt und seit Jahren lebt und schreibt. Dabei fällt mir auf, daß es nicht mehr wie früher in einer Ecke an der Wand steht, sondern frei im Raum, offen nach beiden Seiten.
Die Gedichte solle ich keinem zeigen, sagt sie nach einer Weile. »Die sind nur für Sie und ihren Artikel.« Ob und wann sie in einem Buch veröffentlicht würden, wisse sie nicht. Im Herbst erscheine erst einmal in der Pfaffenweiler Presse ein bibliophiler Band mit anderen neuen Gedichten und im Frühjahr eine Gesamtausgabe beim S. Fischer Verlag. Ob sie den in den letzten Wochen geschriebenen Gedichten noch Titel geben wolle? Das könne sie nicht sagen. »Wenn der Titel noch zu mir kommt, gebe ich ihnen einen – aber die sind so zu mir gekommen, ohne.« Ohne Titel kam auch eines, das Rose Ausländer irgendwann in der Mitte las:
Die Erde / gibt mir / ein geheimes Zeichen / und sagt ade / Ich antworte / auf Wiedersehen

Rose Ausländer

»Ich kenne in der Dichtung der Gegenwart kein schlagenderes Beispiel zur Erhärtung des alten Satzes, daß alles Erhabene und Schöne einfacher Art sei, als das Werk von Rose Scherzer-Ausländer. Die Dichter unserer Tage bevorzugen das Ungewöhnliche, Unerhörte, Komplizierte und Differenzierte, das um jeden Preis Neuartige und Überraschende in Idee und Ausdruck, und vergessen allzuleicht, daß die großen Offenbarungen der Schönheit in der Natur – und Dichtung soll ja Natur sein – zu ihrer vollen und tiefen Wirkung durchaus keiner Kommentare bedürfen. Das Gedicht Rose Ausländers aber spricht das Natürlichste, Selbstverständlichste und Menschlichste so aus, daß es neu und zum ersten Mal gesagt erscheint.

Alfred Margul-Sperber

Mein Venedig versinkt nicht
Gedichte. 1982. 136 Seiten

Doppelspiel
72 Seiten

Ein Stück weiter
160 Seiten

Im Atemhaus wohnen
Gedichte. Fischer Taschenbuch Bd. 2189

Mutterland/Einverständnis
Gedichte. Fischer Taschenbuch Bd. 5775

S. Fischer

fi 167/2

Lyrik

Ilse Aichinger
verschenkter Rat
Gedichte. Band 5126

Vicente Aleixandre
Gesicht hinter Glas
Gedichte / Dialoge. Band 2255

Rose Ausländer
Ich zähl die Sterne / meiner Worte
Gedichte 1983. Band 5906
Im Atemhaus wohnen
Gedichte. Band 2189
Mutterland / Einverständnis
Gedichte. Band 5775

Wolfgang Bächler
Ausbrechen
Gedichte aus 20 Jahren. Band 5127
Nachtleben
Gedichte. Band 5872

Hans Bender (Hrsg.)
In diesem Lande leben wir
Deutsche Gedichte der Gegenwart. Band 5006

Gisela Brinker-Gabler (Hrsg.)
Deutsche Dichterinnen vom 16. Jahrhundert bis zur Gegenwart
Gedichte – Lebensläufe. Band 1994

Charles Bukowski / Carl Weissner
Terpentin on the rocks
Die besten Gedichte aus der amerikanischen Alternativpresse 1966–1977. Band 5123

Paul Celan
Die Niemandsrose / Sprachgitter
Gedichte. Band 2223

Das deutsche Gedicht
Vom Mittelalter bis zum 20. Jahrhundert. Band 155

Doppelinterpretationen
Hilde Domin (Hrsg.)
Das zeitgenössische Gedicht. Band 1060

Fischer Taschenbuch Verlag

fi 145/3 a

Lyrik

Ossip Mandelstam
Gedichte. Band 5312

Christoph Meckel
Säure
Gedichte. Band 5122
Wildnisse
Band 5819

Selma Meerbaum-Eisinger
Ich bin in Sehnsucht eingehüllt
Band 5394

Edgar Neis (Hrsg.)
Gedichte über Dichter
Band 2156

Aras Ören
Deutschland, ein türkisches Märchen
Gedichte. Band 5130
Mitten in der Odyssee
Gedichte. Band 5777

Fritz Pratz (Hrsg.)
Deutsche Gedichte von 1900 bis zur Gegenwart
Band 2197

Thomas Rothschild (Hrsg.)
Von großen und kleinen Zeiten
Politische Lyrik von den Bauernkriegen
bis zur Gegenwart. Band 5124

Ralf-Rainer Rygulla (Hrsg.)
Fuck you!
Underground-Gedichte
englisch-deutsch. Band 2254

Guntram Vesper
Die Illusion des Unglücks
Gedichte. Band 5128
Die Inseln im Landmeer
und neue Gedichte. Band 5821
Frohburg
Neue Gedichte. Band 5905

Fischer Taschenbuch Verlag

fi 145/3 c

Hilde Domin

Lyrik

Nur eine Rose als Stütze
S. Fischer 1959
9. Auflage, 17.–19. Tsd. 1981

Rückkehr der Schiffe
S. Fischer 1962
6. Auflage, 11. Tsd. 1982

Hier
S. Fischer 1964
4. Auflage, 8.–9. Tsd. 1981

Prosa

Das zweite Paradies
Fischer Taschenbuch Band 5001
2. Auflage, 15. Tsd. 1981

Editionen

Doppelinterpretationen
Das zeitgenössische deutsche Gedicht
zwischen Autor und Leser
Fischer Taschenbuch Band 1060
1969; 1982 – Gesamtauflage 75 000

Spanien erzählt
Fischer Taschenbuch Band 1799
1963; 1977 – Gesamtauflage 70 000

Heimkehr ins Wort
Materialien zu Hilde Domin
Herausgegeben von
Bettina von Wangenheim
Fischer Taschenbuch Band 5769

S. Fischer